불교문예 기획시선 03

산새는 지저귀고

불교문예작가회

불고문예 불교문예출판부

불교문화의 새로운 패러다임
―'산사 시낭송'과 '산사 시화전'의 정례화

가을은 시詩가 오는 계절입니다. 시에는 치유의 기능이 있습니다. 시는 우리들의 '앎의 휴식'과 '삶의 충전'을 배가시켜 줍니다. 예로부터 시詩는 '언어의 관청'[寺] 혹은 '말씀의 사원'[寺]에서 비롯된 것으로 알려져 왔습니다. 붓다는 "연기된 제법의 성상性相에 대해 '오롯이 관찰하라'[正念]", "지혜로운 이는 비유로 전달한다" 고 하였습니다. 또 공자는 "시 삼백 편을 한 마디로 폐하여 말하면 '사사로움이 없다'[思毋邪]"고 하였습니다. 그리하여 오도悟道 후의 선시와 음차飮茶 뒤의 차시에서는 정신의 사리가 나오고, 풍류 중의 작시나 음주飮酒 뒤의 작시에서는 예술의 사리가 나왔습니다. 이러한 유수한 전통을 계승하여 특히 산사에서는 '산사 시낭송'과 '산사 시화전(글그림전)'이 정례화되기를 희망해 봅니다.

서울 성북구 정릉동에는 신흥사 즉 흥천사가 있습니다. 알다시피 조선 왕조의 도읍인 한양의 안팎에는 많은 원찰願刹들과 능침사찰들이 있었습니다. 태조는 신덕왕후神德王后 강씨康氏가 죽자 능지陵地를 서울 중구 정동에 정릉貞陵을 조영하고 왕실의 명복을 비는 원당願堂으로 흥천사興天寺를 지어 조계종의 본산으로 삼았습니다. 태종이 고려 이래 11종파를 통합한 7종파를 세종은 선종과 교종으로 재통합하면서 서울 서대문구 연희동의 옛 연희방에 흥덕사興德寺를 지어 교종 도회소(총본사)로 삼았습니다. 흥천사는 연산군 때(1504)에 불타고 중종 때에는 사리각까지 불타서 완전히 폐허가 되었습니다. 선조는 함취정舍翠亭의 옛터로 절을 옮겨 지었으며(1569), 정조 때에는 성민聖敏과 경신敬信 화상의 발원으로 지금의 위치로 옮겨 짓고(1794) 신흥사新興寺라 하였고, 고종 때에 불사를 크게 하여 다시 흥천사(1865)라고 하였습니다. 근래에 흥천사는 사격寺格을 일신日新하여 이 지역의 전통사찰로 거듭 나고 있습니다. 이 절은 극락보전(서울시 유형문화재 제66호), 명부전(서울시 유형문화재 제67호), 용화루, 칠성각, 독성각, 만세루, 승방, 큰방, 일주문, 종각 등을 비롯한 많은 문화유적을 간직하여 도심 속의 전통사찰로서 그 격을 드높이고 있습니다. 이 흥천사에서 계간 《불교문예》가 주관하는 2018년 '산사 시낭송'과 '산사 시화전'이 열립니다.

'산사 시낭송' 이후 시와 그림이 통섭된 60여 편의 시화詩畵 즉 '글그림'은 흥천사 경내의 '손잡고 오르는 길'(삼각선원)에 1년 동안 전시됩니다. 그리고 이들 시

편을 수록한 작품집 『산새는 지저귀고』가 종이책과 전자책으로 간행되어 전국에 배포될 예정입니다. 이 사화집에는 현대의 한국을 대표하는 시인들이 참여하여 문학이 주는 '사랑의 힘'을 배가시키게 될 것입니다. 시詩를 '말씀의 사원'이라고 할 때 사원 안팎에서 문학예술을 공유하는 것은 자연스러운 일이라 할 수 있습니다. 무엇보다도 '쉼터'와 '깸터'로서 사찰을 인식하는 우리 국민들과 서울 시민들이 한 해 동안 시와 그림을 공유할 수 있다는 것은 시의 일상화와 일상의 문예화 차원에서 의미가 매우 큽니다. 이러한 행사를 물심양면으로 지원해주신 홍천사에 깊이 감사드립니다.

2018년 10월
불교문예 편집주간 고영섭

차례

서문

회수
– 주민등록증
고영섭

살아온 옛 길이 가믈가믈 해

이제는 잘 보이지도 않는 길처럼

빛이 바랜 사진 붙인 주민등록증

이걸 들고 주민센터 찾아갔었네

삼주 만에 어머니를 떠나 보내러

몇 가지 서류들을 찾아보다가

사망신고서 견본 뒤의 출생신고서

이걸 보며 비로소 알게 되었네

아, 생사가 종이 한 장 차이라는 걸

이승과 저승이 한 순간이라는 걸.

진흙소를 타고

권현수

가야산으로 화두를 잡으러 간다
삼나무 껍질 몇 가닥으로 질긴 끈을 만들고
구멍난 삼태기는 잘 말린 칡넝쿨로 다시 엮는다
올곧은 대나무 회초리와
쇠창살이 단단한 우리도 준비한다

이참이나 저참이나 도망갈 궁리만 하는 놈은
질긴 삼줄로 묶어두고
제풀에 지쳐 바닥에 퍼덕이는 놈은
삼태기에 주워 담고
기세 좋게 담 너머로 사라지는 놈은
대나무 회초리로 다스리고
아주 멀리 달나라까지 가버린 놈은
잣나무 끝의 새소리로 잡아온다

내 손안에 다소곳이 숨을 죽인 화두를

언뜻언뜻 보기도 한 것 같은데

등줄기 통증이 슬금슬금 가지를 칠 때쯤

뿌리 없는 나무 그림자만 남기고

고삐 풀린 진흙소는 동해 바다로 가 버린다

차나 한 잔 마셔야겠다.

계영배戒盈杯

김경옥

우기를 건너가는 두물머리 푸른 연잎
빗물 담고 흔들리며 누웠다 일어섰다
무게를 가늠하는 일
오롯이 몰입 하네

깊숙이 뿌리 내려 온 몸으로 올린 찻잔
채워지려는 찰나 아낌없이 비우네
기우뚱 벼랑 끝에서
서는 법을 안다는듯

나무 사원

김기리

천지간에 버려진 사원은 없다지만

대신 오랜 세월을 돌은 나무의 슬하에 있었다

석상은 나무의 몸속으로 들어가고

나무는 돌의 몸에 뿌리를 내렸다

서로 몸 바꾸는 역사가 덥고 길었다

본적을 교환하는 동안

무풍나무 뱅골보리수가 돌계단으로 옮겨 앉고

계단은 흔들거리는 그늘을 얻었다

무너지는 방법을 아는 것은 돌의 재주다

나무는 그 돌의 재주에 장단을 맞추었을 것이다

저 결박의 부처를 다비장하면

햇살 묻은 나뭇잎 모양의 사리가 몇 줌은 나올 것

이다

몇 해 전 몸을 열고 돌을 꺼냈을 때

일찍이 내 몸이 불길 식은 화장火葬의 흔적이었

다는 것을
　여기 폐허의 사원에 와서 알았다
　그러므로 늙은 몸은 다 사원이다
　그 사원의 군상群像들에게 두 손 모은 기억도 부
실하여
　곧 허물어질 폐허의 전조를 다만
　담담히 바라보는 것이다

　석양을 앞혀놓고 설법중인 폐허
　그 폐허에 입을 달고 살아가는 누추한 아이들이
　면죄부인 양 지폐를 조른다
　사원을 받아먹은 울창한 숲
　돌을 주식으로, 석양을 편식으로 견뎌 온 저 식습
관이
　문득 후덥지근한 허기를 몰고 온다

햇빛 탁발을 나왔는지 보리수나무 잎들이
일제히 일직보행으로 수근거리고 있다

은행나무 숲에서

김명옥

풍경소리 맞춰 날다
환속還俗하는
노란 나비 떼

이제 슬퍼하지 않는구나
차디찬 생 데울 수 없어도

텅 빈 주머니 속
나비 한 마리 숨겨
뒤 돌아 설 때
지친 햇살은 어깨 위에
쓸쓸한 무늬를 새기고

기도하지 않는 다면서
또 두 손 모은다

술래가 되고 싶어

김미정

말라깽이는 저번에 봤을 때보다 얼굴은 쭈글하고 노랑머리는 고동색이었어요.

"어디 아팠니?"

말라깽이는 고개를 저었어요. 그래도 말라깽이 눈이 반짝거려 마음이 놓였어요. 아프면 눈빛이 흐리멍덩하거든요. 말라깽이가 내게 손을 내밀며 말했어요.

"술래잡기 할래?"

나는 자꾸 웃음이 나서 호박꽃처럼 벙싯거렸어요. 우리는 손을 잡고 옥수수밭 안으로 들어갔어요. 고동색 수염이 늘어진 누런 잎사귀가 초라해 보였지만 옥수숫대는 튼실한 옥수수 하나씩을 품고 있었어요. 아까 울어서 안 좋았던 기분이 싹 사라졌어요. 말라깽이와 나는 가위 바위 보를 했어요.

"술래를 정하자 가위! 바위! 보!"

내가 가위를 내고 말라깽이는 주먹을 냈어요. 나

는 기뻐서 소리쳤어요. 맨날 깍두기만하다가 술래가 된 거예요. 나는 눈을 감고 노래를 불렀어요.

"꼭 꼭 숨어라 머리카락 보일라 꼭 꼭 숨 어라…."

시원한 바람이 불어와 고개를 돌아보니 나 혼자 옥수수밭 한가운데에 서 있었어요. 두리번거리며 말라깽이를 찾았지만 우수수 소리만 났어요. 말라깽이 머리카락 같은 옥수수염이 바람에 흩날리고 있었어요. 나는 옥수수밭을 향해 소리쳤어요.

"친구야, 내일 또 술래잡기하자."

나는 옥수수를 한 아름 안고 집으로 갔어요. 친구들이랑 옥수수 먹고 술래잡기하자고 해야겠어요. 꼭 술래가 되어 도망치는 친구들에게 "잡았다!" 하고 싶어요.

– 동화「술래가 되고 싶어」부분

낙산사 무료국수 공양간에는

김미형

국수가 채반에서 하얗게 웃고 있다
그릇에 한 똬리 수북하게 담고, 바다 한 스푼
심줄 흰한 김치 몇 조각 얹으면 봄
여름 가을이 어룽거린다

모두 긴 일생을 나누는 수행자다

맑은 장국에 덤으로 얹는 고명
"부족하면 얼마든지 더 드세요"
목소리에도 김이 모락모락 피어오른다

외롭거나 혹은 넘치거나
남몰래 국수를 갖다 놓은 사람이나
수만 리 바닷길을 건너온
바람의 야윈 뱃구레도 달덩이로 빚는
국수 한 그릇

국수사리에서 부처가 쏟아진다

사람

김서희

누구나 다 외로운 거다

제각각의 몫으로 하루를 살고
제 산 만큼의 꿈을 엮어가는

격한 슬픔이
시린 고통이
때로는 사람을 여물게도 하지만

반쯤 감은 눈으로 세상 바라보다
반쯤 뜬 눈으로 세상을 접는

사람 사는 모습이 매한가지다

외로운 등 하나 내보이며 산다

해암海巖

김성로

파도야
내가 얼마나 더 부서져야
백사장처럼
너를 품에 안을 수 있단 말이냐.

공空, 염불念佛

김수원

오대산 월정사 가는 길
전나무 숲의 목탁소리 깊은 터널을
염불소리 지나간다

면벽 수행중인 전나무 한 그루, 와불로 누웠다
나이테마다 만월을 두르고 우듬지는 별에 닿았지만
마음 비운 채 땅과 하나 되어 있다

가슴속을 들고 나는 염불소리
바람따라
천수경을 외는 천만 겁,

연緣이 다하니 공空이라 한다

땀방울이 엮인 염주를 굴리며
월정사에 오르면

공, 염불로

세속의 자신을 내려놓게 된다.

가려운 흔적

김순애

산길에서 본 가려운 흔적
부르르 털을 세우고 바람에 털어 봐도
풀씨와 꽃가루와 흙이 파고든
짐승의 몸은 여전히 가려웠을 것.
그럴 때. 나무둥치들은
가려운 짐승들의 손이 되었을 것이지만
굴참나무 둥치에 묻어있는 짐승의 털
나무는 지금 몹시 가렵다.

나도 언젠가 저 나무에 등을 부딪친 적 있다
가끔 산에 큰 바람 불 때
그땐 산과 나무들은 가렵다는 뜻이다
서로 가려울때 산불도 내는
듬성듬성 털이 묻은 나무들
굴참나무가 잣나무가
고라니 멧돼지 오소리처럼 보인다.

옹이들이 어둠을 찾아다니는
야생의 번뜩이는 눈 같다.

오소리 멧돼지 고라니가 몸을 비빌 때
나무들의 목질 속으로
짐승의 피가 한동안 흘렀을 것 같다.
밤이면 짐승의 눈으로
아랫마을 살피며 서 있다
나무들은 때론 도망도 못가는
짐승이 될 때가 있다.

회목나무처럼

김승기

고독한 일 속에서만 살아온 당신,
치마를 입을 줄 모르는 정장 자켓에는
세상 꼭꼭 걸어 잠그는
오늘도 단추가 채워져 있군요

앞섶 여민 블라우스
윗단추 한두 개쯤 풀어놓아도 좋을 계절이 왔어요
이젠 자켓 활짝 열어젖혀요
치마도 좀 입고요
아예 가볍고 간편하게 티블라우스는 어떨까요

별빛처럼 반짝이는 자수정 목걸이를 하고
밖으로 나가 보아요
거기 두 팔 벌려 동그라미 그리며
명지바람이 꽃편지 들고 맞이할 거예요
저기 저 회목나무처럼 흑진주 귀걸이도 한번 해

보아요

　계절을 회전하는 나무
　고개 돌려 같이 손잡고 바라보아요
　불쑥불쑥 돋아나는 가슴속 티눈들
　푸른 이파리들 내려와 남실바람으로 헹구어 줄
거예요

곶감

김원희

외딴농가 처마 밑
주홍의 상형문자

허공에 매달린 채
온 몸 햇살에 내주고
지나가는 바람에게
향기까지 다 주고는
맨 살로 수행정진 중이네

안에 든 모든 것
털어내고
더 이상 내가
남아있지 않을 때
비로소 몸에 피는 하얀꽃

한 계절
참 잘 수행을 했구나

이 몸에는 주인이 없네

김정휴

이른 새벽 나를 부르는 소리에
깨어보니
아무것도 보이지 않았다
사람도 아니고 바람도 아니었다
밤새 머물고 있던 어둠이
떠나는 소리였고
별들이 빛을 거두어
하늘로 돌아가는 기척이었다

북채

- 겨울 부석사

김현지

저녁노을 껴입은 산 하나
저만치 돌아 앉아 묵념중일 때
허공을 치던 북채가 내 등짝을 후려친다

가슴 내밀어 허허롭게
터지도록 깊이 부여안고 쓸쓸히
제 장단에 목이 메는 범종의 울음

돌아 갈 길 따로 있지 않고
서 있는 이 자리가 바로 길인 것을
앉게, 편히 앉게,
구천을 떠도는 영혼이거나
제 앞길 못 보는 중생이거나 모두 한자리 둘러 앉아
저녁공양 드시게, 따습게 드시게

북채 끝에 걸린 일몰이 가슴에
뜨거운 낙관하나 찍고 내려 선다

라다크 가는 길

나병춘

강가에 길이 따라갑니다
그러다 뚝, 끊겼습니다
간밤에 폭우로
바위산이 무너져 내렸습니다

굴러내린 바윗돌이 떠억,
부처님처럼 좌정하였습니다
탁류는 제 본성대로 콸콸
지청구 쏟아내며 갑니다

어쩌는 수 없군요
기다릴밖에,
옆에서 해당화들이
철없이 깔깔거리고 있어요

당도원唐道元 구게求偈

나옹선사

참선이란 다만 의심 덩어리를 일으키는 것

의심하고 의심하기를 불덩어리같이 해야지.

자신도 모르게 온 몸을 놓아버릴 때

우주가 하나의 터럭 끝에 있으리라.

바람의 울음

남청강

빈 병과 같이 울어줄 틈도 보일 때
바람이 울어준다

너와 내가 있고 경계가 있고
한치의 틈도 없이 벽을 쌓을 때
바람은 더 이상 울어주지 못한다

가을의 언저리에 서서
두두물물이 옷을 벗고 있다

봄을 향한 꽃같은 그리움 안고
훌러덩 비워내는 기다림이 있었으니
바람이 울어줄 틈새에 앉는다

황홀한 몰락을 꿈꾸는 붉은 잎새도
시절인연의 깊은 병처럼 찬서리 움켜쥐고

속살까지 바들바들 털어낸다

이러이 가을의 영혼은 스스로 비워내는
흙사랑같은 두둑한 여유가 있었으니
무정한 바람도 찾아와
함께 울어준다

꽃잎

도종환

처음부터 끝까지 외로운 게

인생이라고 생각하면

눈물이 난다

지금 내가

외로워서가 아니다

피었다 저 혼자 지는

오늘 흙에 누운

저 꽃잎 때문도 아니다

형언할 수 없는

형언할 수 없는

시작도 알지 못할 곳에서 와서

끝 모르게 흘러가는

존재의 저 외로운 나부낌

아득하고

아득하여

마조 얼굴은 둥글다

동 봉

세상 얼개를
자세히 들여다 보니
날줄 씨줄의 어울림이다

사람 피부를
곰곰히 살펴보니
세로종 가로횡이다

부처님 음성을
끝까지 들어보니
강약 고저 느림과
빠름이다

마음 생김새를
파고 들어가 보니
그냥 넓거나 좁거나이다

내가 지나가는데
누가 내 장삼자락을 밟았다
실수인데도 뿌지직!
그가 어쩔 줄 몰라 했다
내가 말했다

"마조 얼굴은 둥글다"

어머니의 갈숲

마선숙

발바닥 물집 새기며 닿은 적막한 강가
바람을 등에 인 갈숲이어서 오라고 손짓했다

반백의 머리 땋은 어머니는
백내장 흐린 눈으로
담백색 갈대를 지긋이 바라보았다

자줏빛 갈꽃 너울거린 후
열매 떨구고 늙어 온 숲은
그녀의 한 생을 알고 있다

비와 바람과 추위에 몸을 내주었지만
꺾이지 않고 고통까지 말려 세상을 건너 온
갈대빛 슬픔

눈부신 초록 화려한 군무 없이
회오리처럼 흔들리면서도 돌멩이처럼

울지도 못했던 서걱임들

어머니는 습지에 몸을 싣고
허리 구부려
남은 길 가기위해 신발을 고쳐 매었다

먼 그 길
고개 숙여 스스로 갈숲이 되기 위해

여음餘音

문태준

가을은 떠나면서 산열매 있던 빈 가지를 본다

당신도 나도 지난 계절에는 잘 여문 열매였으나

오늘 우리는 삶의 계곡에서 듣는다
가을이 실뿌리 같이 말라가며 어둠 속에 남기는
끝말을

하나의 메아리가 산바람을 안고서 서서히 다 흩
어지는 것을

여로

문혜관

냇물은 가슴 열고
마음껏 소리 지르고
들풀은 웃음 빽빽이
들어차 있는데
산승은 목적도 없이
골골산천 떠나야 한다

어디로 갈 것인가
어디에 정착할까
산새는 지저귀고
진달래 그윽한데
어느 산 어느 골짝에
향기 품은 진달래 될까

코이

박도신

어항 속에 코이를 들여다보면
볼수록 두 눈이 섬이다

몸에 얼룩은 갯벌이거나 갯바위이고
옆엔 노을이 지나가고 있다
지느러미에선 파도치는 소리 들린다

그러고 보면 코이는 있는 그대로 바다다
대서양이고 태평양이고 인도양이다

어항 속에서는 피라미처럼 살지만
강에 놓아주면 강이 되고
바다에 놓아주면 바다에 맞게 자라는 코이

물의 집에 따라 커지고 작아지는 그는
제 몸에 두 개의 섬과

바다를 가지고 살지만

코이의 자유는 물 안에 있다

시듦

박용진

기억해, 가지에 잎망울 한 아름 휘파람 불다가 향기 만발의 꽃과 파란 애채는 낙엽으로 사라졌음을

언젠가 들른 옛집 비틀어져 죽어 가는 라일락 앙상한 안테나로 하늘을 수신했지 저물어갈 날을 미리 재면서

우련한 회색 껍질과 휘추리에 간당대는 죽음에 네 곁에 머무르고 싶었어 떠나지 말라 옷깃 잡을 때 못 이기는 척이나

만개 이상 꽃을 만개하던 시절은 한순간, 나이테는 휘어져 사그라뜨려질 애정을 생각하며 다시 시작할 여정을 꿈꾸며,

염주를 돌리며

박정자

영화사 미륵전 올라가는 길
보리수나무 한 그루
어느 해 여름 무덥던 날
달 차고 햇볕에 여물어
노스님 사리 같은 열매 주워
백팔염주 만들었다.

오직 한 가지 염원
이제 그 원 다 이루어 너는 떠나갔지만
지워진 내 손금처럼 세월에 젖어
반들거리는 백팔염주
이 염주 다 돌리고 나면
내 윤회도 멈출까

영화사 미륵전 올라가는 길
보리수나무에 기대 앉아
미리 만든 내 사리를 굴려본다.

모과

박준영

온 집안 금빛 향 가득

소낙비 한 소쿠리

봄바람 한 그물

검버섯 듬성, 덧칠된 고요마저

껴안고 살리라 너와 나

모나게 달고 나온 성깔 하나

비 그친 뒤

박 향

오목눈이 둥지 위를 맴돌던 뻐꾸기 소리
는개 속으로 사라지고
함초롬히 빗방울 품은 아카시 꽃향기에서 들리는
물꼬 터지는 소리

소금쟁이 맴도는 내 눈동자

바람중 1

법 연

세상 때 더 묻힐 데 없는
먹물옷 중

홍류동 계곡물 건너
가파른 건너
가파른 매화산 절벽에
뿌리 걸친 소나무
한 번 쳐다보고

휘적휘적
길을 간다.

인생의 무게만큼 내쉬는 한숨인지
소나무 숲 스치는 바람인지
남기고…….

백목련

변 윤

이승을 떠난 차가운 바람이 훈풍으로 뒤바뀔 때
가슴깊이 방울방울
응결된 쓰라린 슬픔들을
모자의 정 하나로 만나지겠는가
하얀 꽃그늘은 이 세상 어딘가 놓여 있어도
세상길 같지 않아

더욱 관세음 정성 아니면 빚어지지 않는
영혼의 꽃가지 마다
진한 훈향이 진동
정리 하나로 꽃들은 벙그러져 있어야 하리

푸른 창공너머 봄 성숙이 날아오르는 소리
뭇 시선이 아쉬워 오히려 슬픈
봄 바다에 돌아온
지친

나는 하얗게 삭는

신비의 백로(a white heron) 떼다

화사花蛇

서정주

사향 박하의 뒤안길이다
아름다운 배암……
얼마나 커다란 슬픔으로 태어났기에, 저리도 징
그러운 몸뚱아리냐

꽃대님 같다

너의 할아버지가 이브를 꼬여내던 달변의 혓바닥이
소리 잃은 채 낼룽거리는 붉은 아가리로
푸른 하늘이다……물어뜯어라, 원통히 물어뜯어,

달아나거라, 저놈의 대가리!

돌팔매를 쏘면서, 쏘면서, 사향 방초길
저놈의 뒤를 따르는 것은
우리 할아버지의 아내가 이브라서 그러는게 아니라

석유 먹은 듯……석유 먹은 듯……가쁜 숨결이야

바늘에 꼬여 두를까부다. 꽃대님보다도 아름다운
빛……

클레오파트라의 피 먹은 양 붉게 타오르는
고운 입술이다……스며라, 배암!

우리 순네는 스물 난 색시, 고양이같이 고운 입
술……스며라 배암!

봄

석선탄

관현의 소리 대밭 가의 개울에 부서지고

수묵화 점 찍는 안개산이네

가던 길 멈추고 보고보고 되보느니

꾀꼬리 날개 끝에 봄바람 끊기네.

작설차를 마시며

석성우

마음이 바쁜 날은
작설차를 마시고

마음이 흐린 날은
우전차를 마시게

마음이 괴로운 날은
물소리나 들으렴

마음이 추운 날은
엽서를 쓰게나

그리고 먼 산 위
구름 하염없이 읽다가

내 마음 마음답도록
염불도 잊지 말게나

들꽃

석성일

들꽃은

향기가
손이어서

길손을

한참
붙잡는다.

달

석자명

달아, 빛만 보면 우는 달아
제 얼굴 강물 속에
깊이 깊이 파묻고
반쪽만 살아서
서천으로 가거라.
서릿발에 날 세우고
가랑잎에 몸 담그고
잊혀진 정토 찾아서
꿈을 꿈으로 깨며 가거라.
끼룩 끼룩 끼룩
중천을 업고 가거라.

빈잔

석 전

무심한 먼지는
아무 말 없이
출렁이는 그림자 되어
빈 잔을 도배하고

창살에 걸린 달빛은
거친 숨을 고르고
스르르 내려앉아
빈 잔을 덮는다.

......

한줄기 새벽바람이
빈 잔을 깨우고 지나간다.

임종게

승상 왕수거사

기름 다하여 등불 꺼지나니

탄지의 이 소식 누구에게 전하리

가고 머무는 것 본래 그대로이니

봄바람은 지금 잔설을 쓸고 있네.

여러 해 동안 돌말이

야보도천

여러 해 돌말이 빛을 토하자

쇠소가 울면서 강으로 들어가네

허공의 고함 소리여 자취마저 없나니

어느 사이 몸을 숨겨 북두에 들었는가.

밤송이

여 연

가까이 다가가고 싶지만
나는 온통 가시입니다

이리저리 뒹굴어보아도
나는 언제나 뾰족합니다

밤하늘을 은실로
수놓고 싶다가도
어쩐지 나는 별이 아닌 것만 같아
이내 내려오고 맙니다

갈바람 올 때까진
여름 햇살과 더 많이 부딪쳐야 하겠죠

둥근 달이 떠오르는 밤이 오면
가슴을 열어젖힐 겁니다

가슴속에 단단한 소망이 빼곡합니다

꽃잎

오세영

이른 봄 깊은 산사 적막한 목탁소리
산새 홀로 드나드는 반나마 열린 법당
눈 파란 비구니 하나
꿇어 앉아 울고 있다

댓돌에는 새하얀 고무신이 한 켤렌데
어디선지 호르르르르 꽃잎들이 날아와서
홍매화 여린 피 하나가
나비처럼 앉는다

비 갠 후

오형근

윗가지에 매달려 있던,
마지막 남은
빗방울이
눈꺼풀 감기듯
떨어지자
바로 아래,
곧바로
빗방울 맞은
대추는
몇 번을 대롱대다
겨우
조용, 조용

대추는 아직 푸르네

서재에서

왕 유

옛 기와에 젖은 가랑비여

깊은 집 낮인데도 더디 열리네

앉아서 이끼빛을 보고 있나니

그 파란 기운이 옷에 오르네.

환생

우정연

콕콕

쪼을 줄만 알던 참새가

쪼고 헤집고 비비적거리고

촐랑거리며 수다를 떨다가

혓바닥이 쏘옥 빠져버렸다

떨어진 그 혀

녹차나무 가지마다 그렁그렁 얹혀

파르르 눈꺼플 흔들더니

백자 빛 다관 속으로 옴싹

몽글몽글 꽃으로 피어난다

저물녘 바다찻집에서

유병란

캐모마일 향기 그윽한 찻집에서
수평선 너머로 사라지는 해넘이를 봅니다
젊은 연인을 향해 흰 포말로 달려오는 파도
연인들 웃음소리가 파도와 섞여 청량한 소리를
냅니다

오래 전 그때처럼
낙조가 찻집 마당을 건너 모과나무 가지를 지나
내 얼굴을 잠깐 스치고 멀어져 갑니다

그대와 내가 걷던 백사장에
젊은 연인들이 또 다른 발자국을 찍고 있는 시간
이제 흰머리가 된 우리는
출렁이는 금빛 바다를 오래도록 바라봅니다

저 멀리 고즈넉한 고깃배 한 척

이제 막 집어등을 켜기 시작합니다

지나온 시간들이 압축되어 찻잔 속을 떠다니고
서로의 눈동자에 젊었던 우리 얼굴이
동백꽃처럼 붉게 반짝입니다

슬픔엔 모서리가 없다

유회숙

문을 열다,
냉장고 안에 싹을 틔운
가슴 한 켠을 지그시 눌러본다
조금씩 껍질만 남아가는
겨울양파
가장 뜨거운 그늘에
어린 봄이 자란다
바라보면 너무나
작고 여린 것과
스러져가는 것과
나도 모르게 눈물이 돈다
산다는 건 어쩌면
어둠을 사르는 심지 끝에
점점 헐거워지는 모습
쓸쓸하고 따스한
오랜 슬픔의 집
그 집엔 모서리가 없다

헤미스 곰파에서

이남섭

인더스 강변 협곡
젊은 예수와 환생한 린포체*
서로 만나 향 한 자루 태우며
중생을 구했다는 헤미스 곰파
숨어 있는 전설을 본다.

목말라 떠난 인도 라다크 순례 길
부활한 공룡들이 히말라야 산맥
하늘 위로 기어오르는 시간
함부로 인더스 강물 퍼오지 마라!

이제 겨우 반딧불 하나 찾았을 뿐이다.

* 전생의 업을 이어가기 위해 다시 태어난 불가의 고승.

산중문답

이 백

왜 산에 사느냐고 묻는 그 말에

대답 대신 웃는 심정, 이리도 넉넉하네

복사꽃 물에 흘러 아득히 가니

인간 세상 아니어라 별유천지네.

소나무 말씀

이석정

눈 내리는 서울 종로 거리,
흰 눈을 이고 지고 묵묵히 서 있는
소나무님

깜깜하고 긴 겨울 꽁꽁 언 귀 여시고
무슨 공사다망 아쉬운 노래 찾아 왔는고?
바로알아보십니다
한결같은 마음이 소나무라고
받침대로 괴운허리, 붕대로 처맨 상처
바라보는 그대 눈, 그대아픔, 애정, 표정
티도 흠도 모두 한결

자연산이라고
말씀 하십니다

일원상—圓相

이아영

미륵보전 앞 층층대 밑에

돌거북, 선정禪定에 든 것 보았습니까?

찰나가 물처럼 흐르다 정지했습니다

산까치 한 마리 거북등에 앉아

한 소식 했는지

꼼짝 않고 나를 응시하고 있습니다

56억 7천만 년 뒤에 온다는 미륵불

용화세계가 여기 있습니다.

난 그만, 계단을 한 발도 오르지 못한 채

산까치에게 꾸벅 절을 올렸습니다

순간, 골 깊은 서원誓願은 어디론가 사라지고

푸드득 산까치 숲으로 날아갔습니다

돌거북 입에서 조르륵 흐르는 감로수

조롱박이 촉촉히 젖어옵니다 내 부리를

귀먹고 눈멀어 날지 못하는 조그만 무소새無巢鳥

둥지 없는 허공에다 빗장 하나 걸어두고

앉은뱅이걸음으로

돌거북 주위를 한 바퀴 돌고 있습니다

간이역 소곡

이용주

내가 지금 가는 길은
완행열차 머무는 간이역이고 싶다
아무도 없는 플랫폼에서
수면 위로 진 노을
아침부터 저녁까지
해그림자만 타고 내리는

만남과 떠남의 언어도
아픈 걸음 멈추게 하고 그리움만 일어서는 곳

기억은 꽃이 되고 슬픔도 꽃이 되는
철길 아래 숨죽인 잎들이
풀벌레를 불러 모아 다시 그 옛날의
바이얼린을 켜고 있다

산중山中

이 이

약초 캐다 길을 잃고 살펴보니

봉우리마다 낙엽 져 길을 덮었네

산에 스님이 물을 길어 돌아가는데

숲 속에 나는 연기 차를 다리나

꽃의 이해

이정환

내게 이해하라고
말하지는 않는다

여기 있네, 와 보라고 말하지도 않는다

너는 왜
거기 섰느뇨
물을 수가 없듯이

하루를 이해하고
살아온 것 아니어서

꽃은 거기 피어 몇 줌 향기를 흩고

나는 또
갈맷빛 하늘
오래 우러를 뿐이다

코이법칙

이혜선

코이라는 비단잉어는

어항에서 키우면 8센티미터밖에 안 자란다

냇물에 풀어놓으면

무한정 커진다

너의 꿈나무처럼,

주인

임 보

나무는
제가 서 있는 땅의 주인이고

새는
제가 날고 있는 하늘의 주인이다

그럼 너는?
밟고 있는 땅의 주인이라고?

아니,
네가 살고 있는 시간의 주인이다.

물고기종鐘

임솔내

답사 길에 얻어 온 작은 쇠종
하나를 현관에 달았다

무신* 때는 까맣게 잊고 산다
그도 내가 종종 걸음으로 저를
찾기 전까지는 나를 모른 체한다

절 기둥에 묵언으로 매달리던 그대로

문이 열렸다 닫힐 때까지
그의 입이 열리고 내 귀가 트인다

천지사방 떠돌며 내 발품 팔던 그 답이
죽죽 쏟아진다

절로 몸을 낮추는

내 드나들이는
물고기종鐘에게 드리는 예배시간이다

매달린 그 묵언들이 다 쏟아 질 때까지
현관에 오체투지로 엎드린 신발들이 참 많다

수시로 내 집에서 열리는
화엄세계
저 노릿한 쇠종 하나가
천년 고찰의 전언傳言인 줄 몰랐었다

* 무신 : 여느의 방언

그럽시다

임연규

문재인.

김정은.

잠깐

"그럽시다"

하고

손 잡고

넘은

삼팔선

우리의

백성도

그날처럼

"그럽시다"

달개비 꽃

임채우

담장 아래 피고 지고
감청빛 바이칼 호수
새끼손톱보다 자잘한 것이
아침이면 서늘하게 열었다
해질녘 조용히 닫는다

자작나무

임형신

자작나무 주둔지에 길은 갇혀있다

큰 키의 자작나무가 하늘로 키를 보탤 때마다

눈 맞춤 하던 패랭이꽃 한 걸음씩 뒷걸음친다

자작나무는 점령군이다

아직도 우물 물 푸르게 고이는 옛집을

에워싸고 비키라한다

자작나무의 골짜기와 언덕과 비탈이 다 지워진다

토종의 씨앗들을 밟고 자작나무가 내려온다

근심 걱정 없이 자라는 엉겅퀴들의 봉토에

보라를 지우며 오는 자작나무는

백색의 거대한 군단이다

옹기종기 모여서 놀고 있는 두메부추 꽈리 제비
꽃들의 양지에

큰 그늘의 자작나무 두 팔 벌리고 성큼 성큼 내려
온다

멀리 쫓겨 간 마을을 바라보며 자작나무는

병정이 되어 언덕에 도열해 있다

마주 볼 때

임효림

그대의 눈 속에는 내가 들어 있네요

내 눈 속에도 그대가 들어 있지요

내가 그대를 보는 것은
그대 속의 나를 보는 것이고

그대가 나를 보는 것은
내 속의 그대를 보는 것입니다

우리는 서로를 비춰 주는 거울입니다

해오라기 난초

장옥경

긴 기다림 끝 햇살도 숨죽인 그 순간,
짙은 어둠 헤집고 터뜨린 꽃망울
순백의 꽃잎 하늘거리며
갸웃대는 저 백로

어느 별 구름 타고 고운 새 날아왔을까
풀잎 이슬 헤치고 사막을 건너온
비상과 좌절의 날갯 속
눈물방울 반짝인다

습지에 발 담궈도 오욕에 물들지 않고
어둠을 깨우며 환하게 꽃등 밝혀
오롯이 하늘을 향한
순결한 저 춤사위

얼마나 비워야 저리 말간 꽃 피울까

부리마다 햇살 물고 겨드랑이엔 날개 달고

창공을 날아오를 듯

활짝 핀 해오라기 난초

견고한 별

전선용

내가 원해서 도도한 가을을 사랑하기로 했다
계절이 술 한잔 하자고 나를 붙들었던가
시월의 취기가 난폭하다
견고한 변심이 낮 뜨거운 가을 햇볕은 사금파
리 같지만,
줄기를 떠난 능소화가 남긴 창백한 문장은
간단하다
아스팔트에 드러누운 뜨거운 집착
이별이 아니라면 같이 누워야 했다
별을 못 본 사람은 없겠지
호두껍질 같은 단단한 새벽을 열고
아직 덜 여문 별을 보라
刑을 맛보지 않은 사람의 별은 아름답지 않듯이
별을 못 본 사람의 刑은 사정없이 아프다
지고지순한 우리를 위해 건배,
별은 떠 있음으로 야리야리하고

刑은 돌아서 있으므로 슬픈 뒤태가
처연히 아름답다.

비누, 비눗님

전인식

다 때려치우기로 했어
날 현혹시켰던 형이상학,
구원과 해탈로 미끼를 던져대던 교리들
끝까지 붙들고 늘어지던 모든 관념적인 것들
두 눈 똑똑히 확인할 수 없는 이 모든 것들에게
이제사 가슴 후련한 작별을 고한다
잘 가거라
내 청춘을 갉아먹은 버러지 같은 것들아

대신, 비누 한장
내 사타구니의 때 벗겨주는, 기분 환하게 해주는 그를
평생 믿고 따르기로 다짐한다
집착과 갈등, 고뇌도 없이
쉽게 마주할 수 있는 그는
아주 쉽고 구체적으로 삶을 가르친다

살아갈수록 뒤따라오는 시커먼 오독들을
제 살 다 닳아 없어질 때까지 씻어 내주며
사람 많은 거리 속으로 당당하게 걸어 나가게 하고
또 편히 잠들 수 있게 해주는
비누 한 장

나는 아침 저녁으로
세면대위 앉아있는 그에게 두 손 모아
향불 올리는 자세로 허리 굽히며 경배한다.
오 거룩한 비누, 비눗님

범종 56점

정복선

해안선을 따라 일본열도에서
쉰여섯 개의 우리의 종이 운다

국립중앙박물관의 최 선생은
일본에 흩어져있는 우리의 범종 56점을
만나러 다니는 데에 십 년이 걸렸다

신사나 절에 꼭꼭 숨겨진 시퍼런 눈眼, 눈…

해안선을 따라 일본열도에서
쉰여섯 개의 우리의 종이 동시에 혹은 차례차례
운다 푸르게 운다

소금기에 점점 부식되어 삭아가며
태어난 고향, 장인의 손길을 잊어가며
겹겹 싸둔 어둠 속에서

현해탄을 헤엄쳐 오는 웃음소리!

나날이 생생한 몸을

정현종

지성은 탁월하게

덕성은 원만하게

감성은 아름답게

감각은 생생하게

항상 그렇도록 하면

희망은 저절로 샘솟고

의욕은 저절로 넘치며

사랑에도 저절로 물들 터이니,

나날이 맑은 정신

나날이 뜨거운 가슴

나날이 생생한 몸을

어쩌지 못하리

샘과 꽃과 하늘에 기대어

노래하는 수밖에는

희망

정희성

그 별은 아무데서나 보이는 것은 아니다
그 별은 어둠속에서 조용히
자기를 들여다볼 줄 아는 사람의 눈에나 모습을
드러낸다

파도

조오현

밤늦도록 불경佛經을 보다가
밤하늘을 바라보다가
먼 바다 울음소리를
홀로 듣노라면
천경千經 그 만론萬論이 모두
바람에 이는 파도란다

본래면목

주경림

가을에 화살나무, 옻나무
느릅나무, 은행,
느티나무, 칠엽수는
저마다 본래 색대로 돌아가는데
나는 치장과 생각을 벗은 적이 없어
나의 색을 모르겠네
그냥, 햇빛도 바람도 지나가게
투명이면 좋겠는데.

선원에서

진각혜심

푸른 눈이 푸른 산을 마주 대하니

이 사이엔 티끌조차 끼여들지 못하네

맑은 기운이 뼛속에까지 뻗나니

이제는 깨달음마저 망상이 되네.

엄마나무

진준섭

무언의 약속 때문이었을까
가지마다 날개를 접은 채
기도하듯 홀로 서있을 뿐이었어

층층이 잎을 헤치고 온 햇살이
그리움 가득 아득한 그곳으로 길을 열어도
그저 고개를 저을 뿐이었지

상처 위 굳은살 얹고
비바람에 굽은 등이 되어가도록
편안한 그늘을 만들고
따뜻한 가슴이 되어주며
평생 그 길을 가는 엄마나무

괜찮아

채 들

거울이 울게 내버려 둬
눈썹에 걸린 먹구름이
지나가고 있는 거야

얼어붙은 빙벽도 녹아
나무에, 풀꽃에, 노루의 실핏줄에
스며들었다가
흘러 흘러가듯이

먹구름도 흰구름도
다 지나가는 거야 괜찮아
거울이 울게 내버려 둬

오늘을 바라보는 일

천양희

오늘 하루를 의미없이 보내버렸다
어제 죽은 친구가
그렇게 보고싶어하던 내일인데
나는 그만 오늘을 놓쳐버렸다
오늘을 통해 내일이 오는 줄 모르고
추억을 통해 인생이 지나가는 줄 모르고
꽃 피는 소리 잃어버리듯이
오늘을 누가 가져갔나
종일 꽃 지는 그늘 속으로
바람이 날아다닌다
날개도 없는 것들이
내일로 가는 길을 지긋이 누른다
긴긴 겨울이
주먹 속에 봄을 움켜쥐고 있다
바람은 또
앞질러 계절을 살핀다

세상에서 제일 몹쓸 것은

오늘을 함부로 낭비한 사람

낭비했는데도 내일을 가질 것 같은 사람

쌍계사 금당 육조정상탑

천지경

법당 안에 탑이 있어요

탑에 손 대고 기도하면

한 가지 소원은 들어준다고 하네요

모대통령이 선거 직전 와서

은밀히 소원을 빌고 갔대요

부처님 집에서 비는 소원은

나와 대통령이 동급이래요

소원 비는 사람들이 줄 지어

금당으로 들어가네요

너무 많은 소원을 들어준다고

부처님 머리가 아플 것 같아서

잠시 망설였지만 탑에 손을 꼭 붙이고

저도 소원 한 가지를 말했어요

부처님 우리 아들 딸 건강하고

부자로 살게 해주세요

마음

청 화

천하를 아는 사람도
욕망과 생각에 따라
온갖 것이 다 나오는
마음이라는 그 주머니 속은 모른다
손으로 열어 볼 수 없거늘
거기 무엇이 들어 있는지를
그 누가 알겠는가

어떤 약속

최금녀

어떤 약속은 그의 숟가락 위에 얹히고
어떤 약속은 나의 숟가락 위에 머물렀다

날마다 숟가락질을 했다

연희동에서는
머리카락 수만큼 숟가락을 닦았다

닦아도 닦아도
나의 몫은 그의 숟가락 위에서 위험했다
위험할 때마다 숟가락을 닦았다

소나기 같은 슬픔이 몰려와
혼자 숟가락질을 할 때
허공에 숟가락이 닿을 때
뒤집히던 안과 밖

나프킨을 깔고
숟가락을 나란히 눕힌다
그의 가슴과 나의 가슴사이에.

무용지용 無用之用

최오균

어른들 즐겨 찾는 서울의 오래된 길
맨홀은 미끄럽고
비탈진 길 턱이 높아
지팡이
짚고 다녀도
헛발 딛기 십상이네.

인도에 튀어나온 소화전 상점 입간판
장애물 넘기 하듯
발걸음이 엉키는데
건널목
신호등조차
조바심을 부추기네.

조금만 손봐주면 나이든 이 편하련만
수시로 드나듦에

진땀 빼는 지공거사

에돌며

되뇌어본다,

무용지용無用之用*이란 말.

　　* 언뜻 보기에 쓸모없는 것으로 보이는 것이 오히려 큰 구실
을 함을 이르는 말.

새벽, 바람으로 오다

최용대

새벽,
누군가의 환영을 불러내 함께 산책하면

바람,
그 산책에 꿈길이 되어 준다

비 오는 날

함허득통

무성한 구름잎들이 산집을 지나가네

나뭇가지 절로 울고 새들은 분주하네

눈 뜨자 컴컴한 속에 빗발이 지나가나니

향 사르고 단정히 앉아 저 푸름을 바라보네.

빈여음貧女吟

허난설헌

밤늦도록 쉬지 않고 베를 짜니

삐걱삐걱 베틀소리 차갑게 울리네

베틀에 있는 한필의 옷감

다 짜고나면 누군가의 옷이 되겠지

손에 쇠가위를 잡았는데

밤이 추워 열손가락 입금으로 불어 펴고

남이 시집갈 때 입는 옷 지으며

해마다 나는 홀로 자야 하네

그런 사람 되어지이다

현 송

저만치 있지만
언제나 같이 있는 사람

무슨 말을 해도
다 들어주는 사람

말은 없어도
눈으로 말해주는 사람

속으로 울지만
미소 짓는 사람

매일은 볼 수 없지만
눈감으면 떠오르는 사람

그런 사람 되어 지이다

늑대와 춤을

홍성란

달맞이꽃 너 은은히 지면 그만인 거니

바라만 보다 갈게 거기 그냥 있어 줘

이렇게 환히 물들여 놓고 수줍어하지 마

운명은 혼자 만드는 게 아니래

몰라 그렇지 외롭지 않은 이 어디 있어

너에게 그을린 만큼 그만큼은 흔들릴게

가을 들녘에 서서

洪海里

눈멀면
아름답지 않은 것 없고

귀먹으면
황홀치 않은 소리 있으랴

마음 버리면
모든 것이 가득하니

다 주어버리고
텅 빈 들녘에 서면

눈물겨운 마음자리도
스스로 빛이 나네.

116

아찔한 시간의 손길
– 봄비 소리를 들으며

황동규

새벽에 문득 깨어 듣는 봄비 소리
가늘어지다 굵어지다 성글어지다.....
추위에 몸 잔뜩 움츠리고 날거나 기던 자들
뿌리 붙잡고 삼동三冬을 견딘 나무와 풀들
모두들 겨우내 잔뜩 조였던 몸을 풀겠지
오래 된 심통이 풀려
마음 헐렁해진 사람도 있겠지
꽃들 단장하고 무대에 나서고
나비와 벌들 정신없이 오가겠지

시들어 가지에 붙어 바래거나
사방에 한바탕 꽃잎 날리거나
꽃은 진다
녹음이 사방을 녹색으로 칠하면서
생명은 점점 더 넓은 데로 흐른다. 그 흐름 속에
꽃자리에 크고 작은 열매들이 정성껏 앉혀진다

구름의 옷자락 점차 짧아지고

나무에 단풍이 왔다 간다

잠깐 한눈팔다 보면 열매 있던 곳이

텅 비었다

이름 모를 새 하나 길 찾듯 오가다 사라진다.

꽃, 열매, 텅 빔, 이 세자리를 스쳐간 아찔한 시간

의 손길,

어느 한 둘만 느껴보고

삶을 한 눈에 꿰어 봤다 할 수 있겠는가?

손을 꺼낸다

황정산

손을 꺼낸다
부서진 시간이라도
그대에게 건내리라 생각했다

남겨진 머리칼 한 올
내 손에서 사라지고
깊은 곳에 가 닿았던
극미량의 쾌락도 묻어있지 않고
손등을 뜨겁게 핥던 불꽃의 냄새도
거친 손바닥을 가르던 칼날의 반짝임도
흐려지고 없다

무엇도 쥐지 않고
아무것도 남지 않는
그래서 더러워진

손이 그대와 나를 가른다

손으로 그대의 치욕을 키운다

손에 그대가 눈을 감는다

그 손을 그대에게 다시 바친다

반달을 노래함

황진이

누가 곤륜산의 옥을 깎아서

직녀의 빗을 만들었던가?

견우가 한번 가버린 뒤에

시름 겨워 벽공에다 던져버렸네

불교문예 기획시선 · 03
산새는 지저귀고
©불교문예작가회, 2018, Printed in Seoul, Korea

초판 1쇄 인쇄 | 2018년 10월 05일
초판 1쇄 발행 | 2018년 10월 13일

지은이 | 불교문예작가회
펴낸이 | 문병구
편 집 | 고미숙
디자인 | 쏠트라인saltline
펴낸곳 | 불교문예출판부

등록번호 | 제312-2005-000016호(2005년 6월 27일)
주 소 | 13656 서울시 서대문구 가좌로 2길 50
전 화 | 02) 308-9520, 010-2642-3900
이메일 | bulmoonye@hanmail.net

ISBN :978-89-97276-33-2 (03810)
가 격 : 10,000원

이 도서의 국립중앙도서관 출판예정도서목록(CIP)은 서지정보유통지
원시스템 홈페이지(http://seoji.nl.go.kr)와 국가자료공동목록시스템
(http://www.nl.go.kr/kolisnet)에서 이용하실 수 있습니다.
(CIP제어번호: CIP2018031002)